AF347273

REGRESOS DEL PASADO

Vanessa Consuegra León

REGRESOS DEL PASADO

Título: *Regresos del pasado*
© 2020, Vanessa Consuegra León

De la maquetación: 2020, Romeo Ediciones

Primera edición: marzo 2020

Impreso en España

ISBN-13: 978-84-18213-43-4
Depósito legal:

*"A los pilares de mi vida; mis padres,
por enseñarme a vivir en libertad"*

*"Por el pasado, que hace vivo nuestro presente
y nos guía en el futuro…"*

Agradecimientos

Cuando uno empieza en la vorágine de crear personajes y de describir historias, toma mayor conciencia en la relevancia y en la importancia de la gente que te rodea, del mundo en el que vives y de las diferentes formas de ser que tiene el ser humano. Sobre todo, de esos sueños paradójicamente utópicos que se convierten en realidad.

Para todas las personas que me ha aportado con su expericia y formas de ser parte de la base de algunos de mis personajes.

Para todas las personas que siguen el camino del presente, teniendo un largo pasado y enfocándose en un futuro lleno de esperanzas.

Para mi familia por su apoyo incondicional en todos los momentos de mi vida. En especial para mi madre y mi padre, los cuales me han enseñado siempre a vivir en libertad y plenitud.

Para mi compañera de viaje en la vida, la que siempre está a mi lado como guía e inspiración en todos mis momentos de creatividad y pasión por la escritura.

Para mis amigos del alma, esa familia que uno elige.

Para mi sobrino, mi ángel.

Y en general para todas esas personas que inspiran, que hacen mantener viva la llama con la cual un escritor mantiene la transmisión del mayor de sus tesoros: las PALABRAS.

Índice

Capítulo 1

Casi despuntaba el alba y Suzan amanecía envuelta en caricias; caricias que recorrían su cuerpo, su cuello, su pecho, su ombligo.

Esas caricias la envolvían en un halo de bienestar mientras se iba desperezando poco a poco. A su lado yacía Rosalyn, esta la miraba fijamente con un fulgor que traspasaba cualquier parte de su hermoso cuerpo.

Rosalyn tenía la maestría de saberla llevar al cielo con solo una mirada, a pesar de que en ocasiones le costaba confiar en sí misma, en lo que sentía, en sus decisiones.

Suzan tenía más experiencia en la vida. Había vivido muchos episodios en su vida no tan dulces como hubiese querido, más bien un tanto ácidos, cosa que la había reforzado y vitalizado para ser quién era hoy en día: una superviviente casi innata de las vueltas que da la vida.

Las mismas vueltas que esa vida las puso un día en sintonía, las acercó, ya les tocaba coincidir, pero el destino es caprichoso y les tenía una sorpresa preparada.

Todo seguía como hasta entonces, basado en la rutina ideal propia de los primeros meses de relación. Ese momento en el que todo es adorado, maravilloso, sublime. De vez en cuando surgía algún que otro resquemor, pero nada importante que las hiciera desestabilizarse de ese amor y esa armonía que se daban la una a la otra.

Pero, sin embargo, esta armonía duraría muy poco, menos de lo que pensaban las dos en ese momento.

Rosalyn se preparaba para salir calle abajo con su abrigo rojo de terciopelo, era una chica de colores. Necesitaba verse rodeada de esas partículas coloridas que la acompañaban en su vestimenta del día a día. Colores que le proporcionaban la calidez que necesitaba interiormente.

Se dirigía a cruzar la calle cuando, de repente, un coche se abalanzó sobre ella, dándole un toque en sus caderas, las cuales parecían volar al compás hasta caer al suelo desplomada.

Inmediatamente el conductor del coche salió fuera de su vehículo a socorrerla y ver qué había sucedido. Rosalyn, algo aturdida por el golpe recibido, pero consciente de lo que estaba viendo, no daba crédito a lo que veían sus ojos. Frente a ella se encontraba ELLA. Nadia, su querida y adorada Nadia, amante de su pasado y gran causante de la mayoría de sus insomnios vespertinos antes de que llegara Suzan a su vida.

—¿Estás bien? Perdón, es que no te vi, no sé de dónde salías, que… ¿Rosalyn, eres tú? No puede ser. ¿Cómo te encuentras? Cuánto tiempo ha pasado desde la última vez y… nos tenemos que encontrar en estas circunstancias.

Rosalyn, impactada por el suceso de lo acontecido, no podía articular palabra, sus labios estaban sellados cual lacado de sello antiguo. En sus pensamientos se iban agolpando ideas. Ideas que de alguna manera le hacían daño a sus pensamientos, a su sentir.

—Lo siento, iba despistada porque llegaba tarde a la visita guiada que… Espera, ¿tú qué haces por aquí? —preguntó Rosalyn—. ¿No deberías estar en Nueva York? La última vez que supe de ti fue cuando… bueno ya sabes, cuando decidiste dar ese gran cambio en tu vida.

—Sí, lo sé —respondió Nadia. Sus ojos la miraban fijamente, como si quisiera mirar en ellos hasta el fondo de sus recuerdos, de lo que un día las unió.

—Estuve un año en Nueva York y me adapté muy bien a la gran ciudad, sabes que soy amante de las grandes ciudades —dijo Nadia.

—Ya, siempre has adorado la gran ciudad, por eso este lugar siempre se te hizo pequeño.

Rosalyn contestaba con firmeza, incluso con algo de rigidez en sus palabras. En cualquier otra situación se hubiera comportado de manera más sensible, más sentimental, no tan visceral como resultaba ahora. Esto era síntoma de que aquella herida la había marcado para siempre. Y allí estaban, una frente a la otra, mirándose a los ojos de diferente manera. Mientras, a su alrededor, el caos del claxon de los coches y la rapidez de la gran ciudad seguían su curso.

Y es que el destino juega un gran papel en nuestras vidas, hasta tal punto en que podemos volver a abrir viejas cicatrices.

El reloj marcaba las cinco, solo el tic tac del reloj se hacía eco en aquel pequeño lugar. Una cafetería pequeña y recóndita, lo suficientemente amplia y grande para todo lo que las separaba, o quizás no.

Juntas, frente a un café algo tibio y con poca espuma, se encontraban. El silencio que se marcaba era tan agudo que cortaba el aire que respiraban. Por fin Nadia rompió el hielo:

—Bueno, ¿y cómo estás? ¡Te veo muy bien! ¡Muy feliz, muy sonriente, muy…!

—¡Para! —dijo Rosalyn—. ¿Te crees que puedes llegar a mi vida de nuevo así como si nada y preguntarme "Hola, ¿cómo estás?"? Creo que por todo lo que nos unió en el pasado, una llamada tuya en este año neoyorquino no hubiese estado mal, ¿no crees? Pero nada, tú sigues como siempre, haciendo como si nada de esto hubiera pasado y volviendo a recapitular. Aunque no sé de qué me sorprende, ya una vez me dejaste tirada en el aeropuerto justo antes de embarcar.

Las lágrimas de Rosalyn caían húmedas y saladas por su rostro sonrojado. Eran lágrimas de impotencia por haber vuelto a recordar ese capítulo en su vida que un día decidió cerrar, dando carpetazo al asunto y no mirando atrás.

Pero hay heridas que dejan huellas muy marcadas y a veces el destino se encarga de volver a abrir.

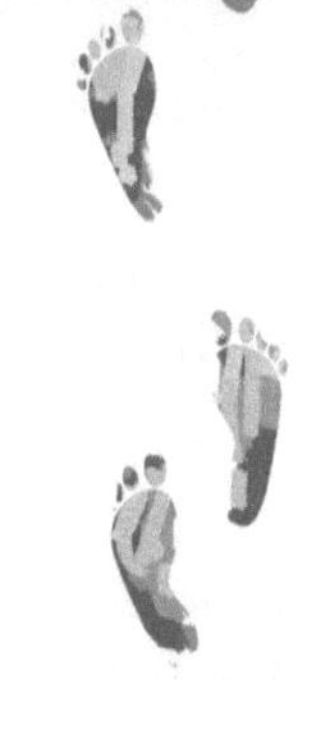

Capítulo 11

Suzan se dirigía hacia el trabajo como cada mañana, su rutina estaba marcada por un ritmo frenético en conjunto con su sintonía de vivir.

La vida en auge, con prisa, aceleramiento, como si cada minuto que pasase contara para una carrera de relevos en la que no había marcha atrás. Y es que trabajar de química en una gran empresa multinacional demandaba ese ritmo frenético de trabajo.

Mezclar, formular, hacer pedidos de nuevas esencias para la mejora del producto final, etc. Todas estas cosas hacían que la vida en ocasiones fuera a contrarreloj.

Suzan era buena en su trabajo y lo sabía. Había ganado algún que otro premio de reconocimiento muy merecido en los últimos años por su labor en la industria farmacéutica y, sobre todo, por sus avances en los últimos medicamentos para erradicar algunos tipos de cánceres.

Sus horarios laborales eran muy arduos, pasaba muchas horas dentro del laboratorio, pero a pesar de todo esto era algo que la hacía realmente feliz. Su trabajo le daba vida, la hacía sentir importante y en el lugar que se merecía.

Tenía buena relación con sus compañeros de trabajo, era una chica dinámica y con buena actitud. Pero había una excepción en su lista de compañeros. Roland.

Roland era su supervisora y la subdirectora de la empresa farmacéutica a la que pertenecía.

Persona ambiciosa donde las haya. Con un afán de superación extremadamente desmesurado y, sobre todo, con un objetivo principal en su mente: conseguir todo lo que se proponía por encima de la ética, como persona y como profesional.

A pesar de todo, Roland tenía una mente maravillosa, siempre había sido una brillante estudiante capaz de crear cualquier proyecto de manera magistral. Eso sí, en muchas ocasiones a su ambición le había costado lidiar con varios enemigos que ella, con esta misma condición personal que tenía, se había creado.

Aun así, Roland era la subdirectora de aquella multinacional farmacéutica.

Roland y Suzan habían sido amigas en su momento, incluso habían llegado a compartir más de una confidencia. Habían compartido unos meses juntas como pareja, si es que pudiéramos definirlo como tal, porque la forma de ser de Roland era tan difícil que costaba llegar a tener planes de futuro con ella.

Buscaba el pragmatismo en todos sus actos, siempre hacia su conveniencia, pero por otro lado tenía un carisma especial que envolvía desde el primer momento hasta que llegaba a conocer su verdadera personalidad.

Eran las dos de la tarde y Suzan seguía en su laboratorio, había decidido no ir a almorzar. Estaba trabajando en el afianzamiento de un nuevo fármaco, en el cual había dado pasos agigantados en el experimento de dicho tratamiento.

Justo se dirigía a hacer sus últimas anotaciones en su cuaderno de investigación cuando, de repente, sin avisar, de manera brusca abrieron la puerta de su laboratorio.

—Pero ¿todavía estás aquí? No sé qué haces aquí, no has ido a almorzar con tus compañeros. No estarías esperando por mí, ¿verdad? —dijo Roland con tono sarcástico y algo meloso. Se acercó hacia ella *ipso facto* y colocó su silla frente donde se encontraba sentada Suzan.

—No, Roland, yo decido si quiero mi hora de almuerzo o no, ¿o es que también vas a controlarme eso?

—Antes te gustaba que te controlara de otra manera… ¿o no te acuerdas? —dijo casi acercándose a sus labios.

Suzan dejó sus anotaciones a un lado y rápidamente se levantó.

—No empieces, sabes que conmigo no tienes nada que hacer. Estoy haciendo mi trabajo, así que te agradecería que no me molestaras. No me estés buscando las cosquillas porque me vas a encontrar —dijo Suzan algo malhumorada, pues ya estaba cansada de que se repitiera la misma situación.

—Sabes que soy la subdirectora y como tal tengo derecho a la supervisión de todos mis trabajadores —dijo Roland en un tono de orgullo sublime.

—Correcto —contestó Suzan—. Tú lo has dicho, a supervisar, no a otras cosas como estás haciendo ahora, ¿o es que acaso quieres hacerme ver que no te me insinuabas?

—Está bien, tú lo has querido, te atreves a contestarme así, ya irás viendo quién es la que manda aquí. Ah, y, por cierto, mañana necesitabas salir un par de horas antes, ¿no? Pues mira por donde, tu cuadrante ha cambiado, mañana doblas turno, así que no vas a poder salir antes.

—¡Pero si te lo había pedido con semanas de antelación! Sabías que…

Suzan se quedó con la palabra en la boca, pues en menos de lo que pensaba Roland había dado un portazo y se había ido con aires de superioridad, como solía hacer cuando algo no estaba a su gusto. Era su manera de recordar, mejor dicho, era su manera de controlar todo lo que le rodeaba.

Suzan recogió sus cosas y se dirigió a la puerta para dar por finalizada su jornada laboral.

Llegaba a casa algo pasadas las cuatro de la tarde, cuando abrió la puerta de su adorado hogar. ¡Por fin en casa!

—¡Bienvenida, cielo! ¿Qué tal tu día? —dijo Rosalyn, y antes de que pudiera contestar, la abrumó a preguntas sobre su gran día—. ¿Sabes una cosa? Por fin me han llegado las láminas que pedí para mañana decorar el museo. ¡Ya está todo listo y ha quedado todo tan bonito, con tanta luz, tanto espacio, tanta amplitud! ¡Estoy emocionada! —dijo Rosalyn con una sonrisa que despuntaba por encima de todo.

—Cariño, para. Tenemos que hablar.

—¿Qué sucede? —dijo Rosalyn. La sonrisa que lucía hacía un momento se había borrado por completo.

—Mañana no sé si podré acompañarte a la exposición de tus cuadros —contestó Suzan en tono cabizbajo.

—Pero… ¿y eso? No me digas más. Roland, ¿verdad? ¿Qué es lo que ha pasado ahora? —Rosalyn contestó cansada, como siempre, por las situaciones que se terciaban cuando Roland estaba detrás de algo.

Después de la explicación sobre lo que había acontecido en su laboratorio, y en vista de que Roland siempre tendría un as en la manga para fastidiar los momentos más importantes de la vida de Suzan, Rosalyn decidió recoger sus láminas una por una e irlas ordenando cuidadosamente. Poco a poco se dirigió a su cuarto de las artes sin terciar palabra. Una vez más, un sentimiento de impotencia la acompañaba.

El cuarto de las artes era uno de los espacios favoritos de Rosalyn. Un espacio que, con mucho esfuerzo y dedicación, había creado. Lo había hecho suyo. Rodeada de pinturas, colores, paletas y lienzos se sentía en completa plenitud. Ahí, en su rincón favorito, pasaba muchas horas creando, transformando, disfrutando de la esencia de su gran pasión: la pintura.

La pintura le trasmitía serenidad y calma a su vida. Le daba la posibilidad de plasmar todo aquello que sucedía dentro de su ser, todo lo que le rodeaba o todo lo que su imaginación infinita era capaz de crear. El arte era su gran pasión, pero sobre todo la hacía sentirse viva.

Una vez entró en su estudio de arte, se acercó hacia la ventana y, con la mirada algo perdida, dijo sin mirar a un punto fijo…

—¿Hasta cuándo? ¿Es que siempre vamos a tener la sombra de Roland en todos los momentos que compartamos en la vida? ¡Es que…! —suspiró Rosalyn. Cogió aire tan fuertemente que su pecho le dolía.

Su cuarto se abrió lentamente después de dos toques en la puerta.

—Rosalyn, ¿se puede, cariño? No quiero molestarte, pero tenemos que hablar. No podemos pretender que esto nos cueste una falta de entendimiento por una tercera persona.

Rosalyn la miró a los ojos algo descontenta y con la impotencia que por completo la invadía.

—¡No puedo más, Suzan! Te juro que a veces no sé qué hacer con esta situación. Me da la sensación de que domina nuestras vidas, de que tambalea nuestro mundo.

—Lo sé, cielo, lo sé. Solo te pido que tengas paciencia, por favor, dentro de poco todo cambiará, te lo aseguro —decía Suzan con unas palabras que primero parecía convincentes, pero que poco a poco iban perdiendo fuerza.

—¿No puedes hablar con Fher? Él es el director de la compañía y se supone que tiene la última palabra.

—Sabes que no es tan fácil, Rosalyn —contestó Suzan—. Fher es el director, sí, pero Roland es la socia capitalista y es la que tiene el poder a efectos legales en muchas cosas. Fher es solo una cabeza pensante que Roland ha puesto a su antojo para hacer y deshacer.

Fher era un chico alegre y dinámico. De buen carácter y con una oratoria magnífica. Su don de gentes le hacía capaz de solventar acuerdos con proveedores de todo tipo. Muchas de sus habilidades le habían valido para ocupar y desenvolverse en el puesto que ocupaba.

Llegaba la noche y Rosalyn y Suzan se miraban fijamente en la calidez de su habitación.

—Intentaré hacer todo lo que esté en mi mano, cielo. Ahora descansemos. Mañana te espera un día maravilloso, cargado de emociones. Y yo haré todo lo posible por acompañarte. Por estar a tu lado —dijo Suzan con una calma sublime.

Rosalyn sonrió ante las palabras de su querida Suzan, que con un delicado y sutil beso sellaban sus labios hasta la mañana siguiente.

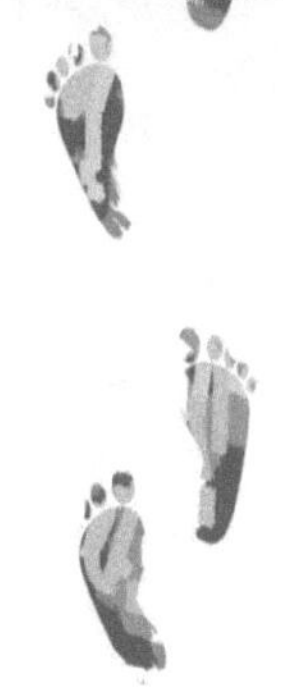

Capítulo III

El gran día había llegado, Rosalyn se había levantado bien temprano con un hormigueo en el estómago, síntoma inequívoco de que este sería un gran acontecimiento. Un gran día que no olvidaría en su vida. Por fin su primera exposición a nivel internacional vería la luz.

Todo estaba casi listo, solo faltaban dos cuadros por empaquetar para que los chicos del transporte se llevaran a la sala de exposiciones. De repente, sin esperarlo, Rosalyn recibió una llamada inesperada.

La pantalla de su Samsung Galaxy S6 se iluminó para recibir la llamada de Nadia.

La cara de Rosalyn se volvió a bloquear, un sudor frío recorrió toda su espalda. Dudó por un segundo si contestar a la llamada o no, pero el ruido de los transportistas al llevarse el último de sus cuadros la hicieron volver a la realidad.

—¿Está bien, señora? Se ha quedado pálida —dijo uno de los chicos del transporte.

—No, estoy bien. Son solo los nervios de un gran día como este. Gracias.

—Entonces nos podemos retirar, señora Beker.

Queremos llegar a tiempo para ver su tan esperada exposición. ¡Mucha suerte! Aunque no la va a necesitar porque, por lo poco que hemos visto, sus cuadros tienen un colorido que sorprenderá a todos los asistentes.

—Muchas gracias, chicos, eso espero —dijo Rosalyn aún pensativa—. Se pueden ir, eso es todo.

El teléfono había dejado de vibrar y la cabeza de Rosalyn poco a poco había vuelto a la realidad, o eso pensaba ella: "Pero ¿para que habrá llamado ahora? No entiendo nada, pero mejor no pensar".

Y así, con esa capacidad de adaptación que tenía Rosalyn a las nuevas situaciones, decidió darse un baño de agua caliente para relajarse y empezar a prepararse para su gran momento.

Llevaba esperando este momento durante muchísimos años. Y es que exponer en una de las mejores salas de Jeu de Paume, en París, no sucedía todos los días. Era algo muy grandioso para lo que llevaba esperando mucho tiempo y para lo que cualquier artista estaría ansioso de experimentar.

Capítulo IV

Los nervios del momento se palpaban caminando calle arriba hasta llegar a la Rue Rivoli; fue en esa misma calle donde Rosalyn se paró a la espera de que Suzan llegara de un momento a otro. Su reloj marcaba las ocho en punto y Suzan era siempre puntual.

Pero algo le presagiaba que esta vez no se iba a presentar, y así fue. Media hora más tarde, Rosalyn, sola, hacía su fulgurante entrada en la sala de exposiciones, bajo la mirada expectante de todos los que con admiración se habían deleitado ante sus vanguardistas y coloridos cuadros.

Todos la felicitaban por su magnífico trabajo. Trabajo que le había costado un año terminar y que había sido cargado de encerronas en su estudio de las artes. Se había mimetizado con el ambiente y se había dejado la piel para plasmar lo que su mente y su corazón querían trasmitir al espectador.

Todo era maravilloso, era el momento más esperado que cualquier artista pudiera desear, incluso podría resultar hasta algo abrumador para alguien que esperaba tanta expectación.

Sus cuadros eran valorados por críticos en arte con una gran admiración ante este estilo tan desgarrador y atrevido que presentaban los cuadros de Rosalyn.

Todo iba sobre ruedas en aquella noche que parecía terminar con un broche especial, pero las sorpresas se iban a adelantar.

Eran las doce de la noche y los camareros se disponían a retirar las últimas copas de *champagne* que quedaban en la sala, símbolo de que había sido una celebración digna de mencionar.

Sentada en el sillón rojo de estilo vanguardista se encontraba Rosalyn. Se hallaba dándole un sorbo a la copa de *champagne* que tenía en su mano y mirando fijamente uno de sus cuadros favoritos: *L'étolie*.

—¡Simplemente maravilloso, sublime! —Una voz justo detrás de ella se escuchaba.

Rosalyn, inesperadamente, se giró.

—Has estado fantástica, sin duda de las mejores obras que he visto en mucho tiempo —dijo Nadia acercándose lentamente.

—Gracias. Pero no hace falta que sigas alabándome, ya no.

—No te estoy alabando, es la realidad y creo que ha quedado demostrado hoy con toda la expectación que has tenido. Mañana saldrás en todos los periódicos de tirada nacional como "la gran promesa del arte vanguardista".

—Sí... ya... lo sé —dijo Rosalyn en un tono entre emocionado y triste a la vez.

—Deberías estar radiante, todo lo que siempre has soñado por fin se está cumpliendo, ¿no? —dijo Nadia poniendo una mano en su hombro derecho.

Su mano estaba templada, desprendía un calor muy confortable que Rosalyn tenía olvidado, lo cual la hizo transportarse a los cálidos momentos que pasó junto a Nadia años atrás.

—Siempre supe que esas manos eran especiales, transmitían mucha belleza… y veo que no me equivoqué —dijo Nadia mirándola fijamente sin dejar de soltar sus manos.

Aquella mirada las transportó poco a poco hacia sus labios, los cuales se mostraban húmedos y entreabiertos esperando a ser besados con pasión.

Y así fue, Nadia la besó frenéticamente bajo la única mirada de *L'étolie*.

El silencio de aquella sala vacía daba rienda suelta a su imaginación.

Sentada a horcajadas se encontraba, sintiendo la firmeza de sus muslos y el tacto suave de su piel. Se disponía a bajar el tirante que medio colgaba de su hombro derecho, poco a poco, cuando este con dulzura llegó a recorrer su seno, excitándola como nunca. Sus labios iban directos a sus pechos y sus respiraciones se comenzaban a acelerar cuando Rosalyn recobró la conciencia de lo que iba a hacer, de lo que estaba cometiendo, desnudando así nuevamente su piel.

—¡No puedo, no puedo! —dijo Rosalyn, algo aturdida, en lo que se reincorporaba a toda prisa.

Se colocaba su vestido de gala apresuradamente sin dar tiempo casi de reaccionar. Cuando Nadia quiso darse cuenta, sus pasos ya quedaban atrás en aquel lugar.

Eran las dos de la mañana y Rosalyn se encontraba vagando por las calles de aquella ciudad, la cual le estaba dando tantos momentos buenos en su vida. Se sentía algo aturdida por las copas de alcohol que todavía hacían efecto en su cuerpo. Por sus mejillas corrían lágrimas sin desconsuelo tras lo sucedido en la galería de arte.

—¡Pero por qué vuelve a mi vida! ¡Por qué ahora que por fin soy tan feliz!

Era lo único que atinaba a decir con algo de fluidez. Lo que había sido una gran noche se había ensombrecido por completo con esa sensación de traición que recorría cada poro de su piel. Su estado de ánimo presentaba una mezcla de culpa y confusión.

Le tomaría un largo tiempo olvidar aquel episodio sucedido en la galería y, lo más importante, desquitarse de esa sensación de traición que la perseguía continuamente.

Suzan se encontraba desesperada, ya no sabía a quién recurrir para localizar a Rosalyn. Las llamadas eran insistentes, pero sin ninguna respuesta.

Los nervios habían hecho que Suzan llamara desesperadamente una y otra vez. Ya no podía más, así que decidió salir a buscarla.

Se dirigía a coger un taxi cuando consiguió realizar la última llamada, la cual sí fue respondida al instante, casi como por arte de magia.

—Sí, ¿quién es? —contestaba una voz en un tono algo sugerente.

—Eh… Rosalyn, ¿eres tú?

—No, no soy Rosalyn, soy Nadia, ahora mismo no se puede poner. —La voz de Nadia sonaba en un tono burlón.

Suzan, expectante por la respuesta que escuchaba, sostuvo en sus manos el teléfono hasta que este resbaló sin más sobre sus pies.

En su cabeza se agolpaban las preguntas de por qué Nadia había respondido a sus llamadas y qué hacía a esas horas Rosalyn con ella.

Tenía muchas preguntas sin respuesta que hacerle en ese mismo instante, pero se fueron disipando a lo largo que pasaban las horas y Rosalyn seguía sin aparecer.

Rosalyn se decidía a entrar en su casa cuando se percató de que se había dejado el bolso en la galería, y era en este donde se encontraban sus pertenencias, sus llaves, su bolso, su móvil.

—¡Mierda, no puede ser! Me lo he dejado todo en la galería. Buff… ¿y ahora cómo voy a entrar a casa si Suzan ya no está? Se habrá ido al laboratorio desde bien temprano y seguro que habrá estado llamándome toda la noche. ¡Dios, Suzan, por qué no viniste! ¡Por qué! ¡Nada de esto hubiera pasado si hubieras estado conmigo! —decía Rosalyn entre sollozos.

Cabizbaja, algo cansada y somnolienta, decidió ir al laboratorio a buscar sus llaves.

Los periódicos destacaban, en el apartado de noticias de cultura, la gran exposición de arte en el Jeu de Paume.

Frente a un café bien cargado, leía la noticia Suzan, que se encontraba en el *office* frente a su laboratorio. Miraba y leía con detenimiento las buenas críticas que hacían en el matinal sobre el maravilloso y exquisito trabajo de la nueva promesa del arte, su querida Rosalyn Beker.

Su sonrisa esbozaba una caricatura a medio hacer, como si llevase interna la felicidad por su triunfo artístico, pero a la vez la incertidumbre de lo que esa noche había pasado.

—¡Vaya, vaya! Ya veo que te estás poniendo al día… No, ¡si al final va a tener estilo y todo esa bohemia que te has echado por novia! —dijo Roland con un aire despectivo, como solía hacer.

—No tengo el día para tus jueguecitos de palabras, Roland, hoy no, te lo pido por favor —decía Suzan con resquemor.

Justo en ese mismo instante sonó la puerta del *office*.

—Toc, toc… ¿Se puede? —dijo una voz algo tímida y a la vez cansada.

—¡Pasa, pasa! ¡Pero mira a quién tenemos aquí! ¡Nada más ni nada menos que a la gran promesa del arte vanguardista! Debería felicitarte, o quizás no, porque con esas pintas que llevas se ve que tuviste una buena celebración… ¿Qué pasa? ¿Que no descansaste bien, querida? Ja, ja, ja. —Se reía Roland con su aire de mofa continuo.

Rosalyn estaba perpleja ante las palabras de Roland y no supo qué contestar en ese momento. Su cara solo mostraba desconsuelo y vergüenza ante la situación.

—En diez minutos te quiero en mi despacho, Suzan, es urgente. Reunión con todo el equipo. Las cosas personales pueden esperar.

Y así, de este modo, se dispuso a salir del *office* Roland como siempre, marcando y dirigiendo el modo de los acontecimientos.

Un silencio se marcaba entre las dos, como esos silencios que nos distancian aun estando a unos centímetros de la piel.

—Tenemos que hablar —dijo Rosalyn con voz desanimada.

Suzan la miraba como queriendo saber simplemente con sus gestos si le ocultaba algo. Entonces procedió a hablar.

—Sí, lo sé, pero tengo poco tiempo. Como ves, Roland nos quiere reunir a todos para una reunión de equipo —dijo Suzan sin quitarle la mirada que mantenía de manera continua.

—Sí, ya la oí, tan aguda e inoportuna como siempre. En fin, no te quito más tiempo, te veré después en el almuerzo, espero que para ese entonces podamos hablar.

—Te hará falta esto, ¿no? —dijo Suzan señalando a las llaves de su apartamento.

—Sí, es que con todo lo de la exposición me he dejado el bolso en la sala de arte y…

—Lo sé —dijo Suzan en tono seco—. Por cierto, mis felicitaciones por tu gran noche. Sabes que me hubiese gustado poder estar ahí contigo, pero no pudo ser.

—Gracias, cielo —dijo Rosalyn también en un tono algo cortante.

La tensión se palpaba notablemente entre las dos. Almorzaron en el más riguroso silencio y el sonido de los cubiertos era lo único que se escuchaba en aquel cortante ambiente.

Llegó la hora del postre y ahí, frente a un suculento *coulant* de chocolate, se decidieron a hablar.

—Hoy he visto que has salido en todos los periódicos de tirada nacional. Te nombraban como la promesa de arte vanguardista. Te felicito de nuevo, cielo, te mereces esto y más.

—Gracias.

—¿Solo vas a decirme gracias? ¿Solo vas a hablarme con monosílabos, Rosalyn?

—No —dijo Rosalyn, algo molesta—. Sabías que era mi gran noche, mi momento esperado, y confiaba en que estuvieras a mi lado. Incondicional, acompañándome como siempre para darme ánimos, pero no. Ni siquiera fuiste capaz de avisar.

—Lo sé, lo siento muchísimo, pero me fue imposible. Te estuve llamando, pero no respondías al móvil.

—Ya te dije que me dejé el bolso en la sala de exposiciones, me lo han enviado hoy a casa y he visto que tenía el buzón de voz lleno de mensajes.

—Imagino, todo el mundo querrá felicitarte, y no es para menos, has estado grandiosa, nena. Y cuéntame, por favor, ¿asistieron todas las personas que invitaste? No sé, ¿alguien inesperado quizás?

—Ya te dije que había muchísima gente, ¿por qué me haces tantas preguntas ahora así, de repente? No te presentas, no me acompañas y ahora quieres que te dé detalles de todo. ¡Pues haber estado! —dijo Rosalyn con actitud algo exacerbada—. Y ahora lo siento, pero tengo que seguir, me han llamado de la radio y quieren entrevistarme en una hora, así que tengo que prepararme que, si no, no llego.

Y de esta manera, con aires de superioridad, pero en el fondo muy avergonzada, se marchaba Rosalyn, dando un portazo sin más.

Suzan no dejaba de pensar en aquella llamada que le había contestado Nadia desde el móvil de Rosalyn, y así, dubitando sobre lo que supuestamente había pasado, se pasó varios minutos.

La llegada a la radio fue fabulosa. La entrevista en el espacio de novedades de cultura fue tal y como se esperaba, un éxito. Lleno de elogios y felicitaciones. Incluso hicieron hincapié en que la exposición estaría disponible unas semanas más, para que pudiese ser visitada por todo aquel que quisiera disfrutar con el arte colorido de Rosalyn Beker.

Después de un día de tantas emociones, tocaba por fin algo de descanso en casa. Ya se acercaba la hora y Rosalyn se dirigía a abrir la puerta de su apartamento cuando su móvil sonó inesperadamente. Era Nadia, pero ¿qué querría ahora? Colgó repentinamente la llamada y la puerta de su casa se abrió antes de que pudiera girar la llave.

Suzan le abrió con cortesía, pero con rapidez, como si tuviera prisa porque entrara y viera lo que le había preparado.

Un olor delicioso a *tagliatelle a la pescatore* provenía de la cocina.

—Y, ¡*voilà*! Bienvenida, señorita. ¿Desea mesa sola o para dos? Aunque yo creo que esta vez va a ser para dos —dijo Suzan en un tono humorístico. Se le daba bien hacer reír a los demás cuando quería. Esta era una de las cosas por las que Rosalyn se había enamorado por completo. Sabía hacerla reír.

—Pero… serás… boba…

—Shhhhh, calla. Acompáñeme, señorita.

Y así, con esa manera de solventar las cosas que tenía, la dirigió hacia la terraza de ático. Allí se encontraba una mesa preciosa con todo lujo de detalles. A su lado, una botella de *champagne* bien fría esperaba para ser descorchada.

Con una sonrisa de lado a lado, Rosalyn no se pudo resistir a la sorpresa tan agradable que Suzan le había preparado.

—¡Gracias! ¡Aunque no hacía falta! —dijo Rosalyn sonrojada.

—¿Cómo que no? Sí que lo hacía. Me apetecía poder tener un rato a solas las dos como lo hacíamos antes, como siempre.

Rosalyn se acercó a sus labios y, sellando los suyos con un beso, le dijo:

—Te quiero, Suzan, gracias por existir.

Y así, después de esa maravillosa cena, acabaron haciendo el amor en la terraza. Volvieron a sentirse la una a la otra.

Sus manos recorrían su cintura y la envolvía con agarre hacia sus caderas, mientras Suzan la besaba lentamente, con una dulzura magistral que la llevaba a caer en un placer extremo.

Entre besos y caricias se amaban como hacía tiempo que no hacían. Sus cuerpos desprendían pasión y calidez hasta caer exhaustas de placer.

La luna vislumbraba al fondo mientras caían sus cuerpos y yacían entrelazados hasta el amanecer.

Capítulo V

La noche había sido fabulosa, el amanecer hacía acto de presencia y Suzan despertaba audazmente, ya que su reloj interno no la dejaba parar. Abrió los ojos apresuradamente y, de un salto, se incorporó en la alfombra de ante donde había pasado la mitad de la noche.

—¡Joder, llego tarde! —decía mientras bajaba las escaleras de caracol que la llevaban a su cuarto.

Rosalyn, algo aturdida, le contestó:

—Pero, ¿qué pasa ahora, cielo? Buenos días.

—Que hoy es el día que vienen los químicos inversores a ver las pruebas del medicamento para el cáncer. Es muy importante, cielo, si dan el visto bueno podrán financiarlo y, con esto, quizás pronto verá la luz.

—Pero no me habías dicho nada, cielo, te hubiese…

—Da igual, cariño, con todo lo que te había pasado encima no te iba a restar más protagonismo del que ya había hecho —decía Suzan poniéndose el pantalón a toda prisa.

—¡Nos vemos después! ¡Deséame suerte, cielo! ¡Estamos casi a punto de caramelo!

—¡Mucha suerte, cariño! Lo conseguirás.

Y así, con la rapidez que la caracterizaba, Suzan salía en busca de su gran objetivo: conseguir convencer a los nuevos inversores.

Estaba a punto de darle un sorbo al café recién hecho cuando, de nuevo, vuelve a sonar su móvil. Era Nadia una vez más. Llamó tres veces seguidas, hasta que Rosalyn decidió contestar.

—Sí, ¿qué pasó? Buenos días, ¿qué quieres ahora?

—Hola, tenemos que hablar, necesito verte, Rosalyn… desde lo que pasó el otro día no he sabido más de ti y no hago más que pensar, quiero saber de ti, cómo estás, etc.

—Será mejor que no. No debió pasar nada, olvídalo.

—Rosalyn, por favor, necesito verte una vez más. Una vez más y te prometo que dejaré de molestarte.

—Está bien —dijo Rosalyn, accediendo a zanjar aquel tema por completo.

—Nos vemos en el Park de Tirolés en media hora.

—Perfecto, allí nos vemos —asintió Nadia telefónicamente.

Una vez más, la vida las ponía ante una nueva encrucijada.

Capítulo VI

Frente a los frondosos nogales se hallaba Nadia. Estaba sentada en el banco con los pies cruzados y las manos en posición de defensa. Su actitud parecía desconcertante.

Desde lo lejos vio acercarse a Rosalyn, su actitud cambió a nerviosismo y eso se palpaba en su rostro.

—Ya estoy aquí. ¿Qué es eso tan importante que me tienes que decir?

—Quería verte, lo necesitaba. El otro día te fuiste tan pronto y de aquella manera que… me quedé mal al verte partir así. —Las palabras de Nadia parecían sinceras.

—Lo que pasó el otro día no tenía que haber pasado, había bebido unas copas de más y… bueno, no tenía que haber pasado, no le des más vueltas. Te pido por favor que no me vuelvas a buscar.

—Dime que no sentiste nada mientras te besé, que no se te erizaba la piel cuando te tocaba con mis manos, y entonces desapareceré.

Rosalyn la miró con cara de desilusionada.

—Sabes que no es justo, que no puedes pretender llegar así a mi vida como si nada. Cambiar mi mundo, voltear mi vida. Me ha costado mucho salir adelante, cubrir el hueco que dejó un día tu ausencia. Y ahora que soy feliz al fin pretendes aparecer en mi vida como si nada. ¿Con qué propósito, Nadia? Para ti todo esto es un juego, ¿verdad? Te diviertes y te hace sentir viva el que tus conquistas sigan ahí, al pie del cañón, ¿no? Cuando tú apareces, que el mundo se pare y que sigamos a tu antojo como marionetas que manejas según te convenga. ¡Pues no, Nadia! Las cosas no son así. No se puede ir por ahí jugando con los sentimientos de los demás. —Las palabras de Rosalyn sonaban con rencor y una tristeza extrema. Parecía que su herida emocional había vuelto a brotar.

—Perdón. Sé que mi manera no ha sido la más correcta. Sabes que me agobio fácilmente con las rutinas, etc. Pero contigo es diferente, Rosalyn. No he dejado de pensar en ti desde que me fui. Pero quizás mi cobardía para enfrentarme a algo estable me ha impedido acercarme antes a ti, no lo sé. No tengo excusas, pero desde que coincidimos fortuitamente el otro día, y desde lo que pasó en la galería de arte, no puedo dejar de pensar en tus labios, en tus manos, en tu olor, en tu sensibilidad.

Un silencio se hizo entre las dos. Parecía que el tiempo se había parado para ahondar más en esas palabras que tanto le hubiera gustado oír a Rosalyn en otra ocasión.

—Es tarde, demasiado tarde para todo lo que dices sentir. Nuestro camino acabó hace tiempo, Nadia, porque tú lo decidiste, y ahora ya no hay marcha atrás. Da igual lo que yo sienta o haya sentido mientras me besabas, eso ya no importa. Ahora mi vida ha cambiado y soy feliz. ¡Muy feliz!

—Solo haces recalcarme lo feliz que eres. Si lo fueras de verdad, no me lo dirías tanto.

—Pues sí, lo soy y desde hace mucho tiempo —dijo Rosalyn rotundamente.

—Veo que le debes mucho, que te quiere demasiado… pero ¿y tú? ¿Estás segura de lo que sientes?

—¡Basta ya! Esta conversación se ha acabado. Como mismo has aparecido, desparecerás de nuevo, así que no hay más que hablar. Buena suerte, Nadia, buena suerte.

Rosalyn se levantó con paso firme y poco a poco sus pasos se fueron desvaneciendo entre la multitud de arbustos del parque.

Su llegada a casa fue algo atorada. En sus pensamientos se agolpaban las palabras que Nadia le había dicho en el parque. Se encontraba nerviosa, también algo cansada, así que decidió encerrarse en su cuarto de las artes y crear, expandir, sacar todo lo que su interior guardaba. Era de las pocas cosas que la relajaban en situaciones de estrés.

Lienzos, pinturas, mezcla de colores, distintas texturas para combinar. Entre acrílicos y algo de óleo lograba plasmar en aquel instante lo que su corazón dictaba y lo que su cabeza expresaba.

Exhausta de llevar horas creando, se sentó en su viejo taburete, que se encontraba en el centro de la sala. Desde ahí contemplaba su creación. Las lágrimas iban brotando poco a poco de sus ojos, hasta romper en un llanto descontrolado. Necesitaba sacar hacia fuera todo lo que su pecho contenía hasta ese momento. Aquella situación la había llevado a revivir viejas heridas y la única manera de sanarlas era llorar sin control, sin desconsuelo.

Capítulo VII

Habían transcurrido tres semanas desde la presentación de sus cuadros y todo parecía volver a encajar en el mundo de Rosalyn.

Nadia había desaparecido de sus vidas como por arte de magia y aquel episodio vivido en la galería de arte y en el parque se había convertido en un vago recuerdo, su mente lo había arrinconado, lo quería olvidar.

Suzan se dirigía junto a ella para darse una ducha en conjunto. La agarró con sus brazos desde atrás y bordeó con ellos su cintura.

Rosalyn se dejó envolver por este gesto tan tierno, mientras caminaban al unísono hacia la ducha. Su gesto era enternecedor, protector, pues entre sus brazos se sentía segura.

El agua de la ducha se deslizaba por sus cuerpos como seda que resbala, mientras con un beso algo humedecido se marcaba aquel mágico momento. Se llenaron de caricias mientras se enjabonaban la una a la otra. Sus respiraciones iban cada vez marcando un ritmo más rápido, más frenético. Suzan deslizó sus dedos hacia su sexo y, a la vez que los introducía, Rosalyn la miraba con cara de pasión. Lo que parecía ser una leve caricia se fue convirtiendo poco a poco en un huracán de sensaciones, hasta llegar al clímax total.

Sus gestos denotaban una felicidad absoluta en sus rostros. Y así, con esa sensación de elevarse al cielo, salieron de la ducha para continuar de nuevo con sus rutinas.

Suzan ya se había vestido y se dirigía nuevamente al trabajo, mientras Rosalyn, todavía extasiada por lo sucedido, se había quedado un rato más semidesnuda en la cama, disfrutando de esa sensación tan placentera.

Su toalla color granate le tapaba parte de su cuerpo, dejando al descubierto sus senos. Mirando al techo suspiraba recordando el buen momento vivido esa mañana.

Sus manos se dirigían a explorar sus senos, como hacía ocasionalmente. Palpaba con sus dedos cada centímetro de sus pechos, haciéndose una autoexploración. Todo parecía estar en orden, hasta que tocó algo que hasta entonces no se había percatado.

Pasó sus dedos nuevamente para volver a comprobar y sí, ahí estaba. Había descubierto un bulto en el lateral de su pecho.

Su cara de asombro la puso algo tensa, pues, aunque solía ser positiva con todas las cosas que la rodeaban, esto no se lo esperaba así, tan de repente.

Intentó no alarmarse y mantener la calma. Respiró hondo, se intentó tranquilizar y decidió llamar por teléfono para pedir cita urgente con su ginecólogo particular.

Decidió no contarle nada a Suzan hasta tener los resultados y la exploración pertinente del médico, pues sabía que, a pesar de que Suzan trabajara en una industria farmacéutica, algo de ese calibre la tendría más preocupada que a la propia Rosalyn.

Capítulo VIII

Eran las cinco menos cuarto de aquel frío 7 de enero cuando el teléfono sonó.

Rosalyn se encontraba medio dormida en el *chaise-longue* de su salón estilo victoriano, cuando atendió algo desorientada esa llamada.

—¿Sí, dígame? —contestó Rosalyn con un tono de cansancio acentuado.

—Buenas tardes, la llamo de la consulta del doctor Smith. ¿Es usted la señorita Rosalyn Beker?

—Sí, soy yo…

—Bien, la llamaba para comentarle que han llegado los resultados de sus exploraciones y el doctor desea verla en consulta lo antes posible.

La cara de Rosalyn sintió palidecer.

—Pero… ¿Es algo malo? ¿Por qué tanta prisa? ¿Es que no me pueden adelantar nada?

—No, lo siento, por teléfono no le puedo dar ese tipo de información. Puede venir esta tarde a última hora y ya el doctor le dirá.

—Vale, perfecto.

—Bien, pues entonces a las ocho en la consulta.

Muchas gracias.

—Gracias. Ahí estaré.

Un sudor frío recorría todo el cuerpo de la pequeña y frágil Rosalyn. Pequeña y frágil se sentía en aquel mismo instante. Era como si el tiempo se hubiera parado y un eco de vacío se encontraba a su alrededor.

Sus pensamientos le traían recuerdos de todo tipo: imágenes de infancia, su madre, sus carreras al pillapilla de pequeña, sus amigos, sus momentos vividos con Suzan, sus cuadros, su arte. Era como si su mente se hubiera convertido en una máquina de fotografías en la cual se encontraban todos sus recuerdos guardados.

Se quedó absorta en sus pensamientos hasta que el sonido del teléfono la volvió bruscamente a la realidad. Suzan se encontraba al otro lado.

—¿Sí? —contestó en un aire seco.

—Cielo, soy yo, ¿cómo estás? Mira, te llamaba porque al final voy a llegar un poco más tarde a casa, estoy terminando mis últimas pruebas para el fármaco del que te hablé. Ya casi lo tenemos, cielo, va a ser increíble, una gran revolución.

—Umm… qué bien, cuánto me alegro… —dijo Rosalyn titubeando. Su voz le temblaba en ocasiones.

—¿Estás bien, mi vida? ¿Qué pasa?

—Nada, todo bien, solo que me había quedado media dormida en el sofá y me acabo de despertar, solo es eso. No esperes por mí tampoco porque voy a quedar con Sophie para un café, ya sabes, problemas sentimentales con Mario otra vez.

—Ok, mi vida, pues nos vemos en casa después. Un beso, te quiero.

—Y yo, cielo —respondió Rosalyn.

Una vez colgada la llamada, Rosalyn se fue a su dormitorio para prepararse para su cita con el doctor.

Eran las ocho menos cinco cuando Rosalyn se encontraba por fuera de la consulta del doctor. La puerta de la consulta se abrió rápidamente.

—Señorita Beker, ¿Rosalyn Beker?

—Sí, soy yo. Pase, por favor, el doctor le espera.

—Gracias —contestó ella en un tomo algo tímido.

El doctor Smith era uno de los mejores especialistas de ginecología del país. A pesar de su corta edad, ya había tenido varias menciones honoríficas. Su trabajo le apasionaba y eso se notaba, sobre todo en la cercanía hacia sus pacientes.

—Señorita Beker, tome asiento, por favor —dijo el doctor mientras estrechaba su mano con cordialidad.

—Bien, han llegado los resultados de las pruebas que le realizamos el otro día. Tengo que decirle que ha salido positivo, pero no se alarme. Nos encontramos en un estado II, es decir, es un pequeño tumor de entre dos y cinco centímetros. Tenemos que examinar a ver si hay afectación en los ganglios axilares y ver realmente en qué estado se encuentra. Para ello es necesario hacerle otra prueba más y examinar con más exactitud.

Rosalyn miraba fijamente al doctor sin dar crédito a sus palabras.

—Tengo que decirle que tiene que estar tranquila, que estamos a tiempo de conseguir buenos resultados. Su estado de ánimo en estas circunstancias es muy importante. Así que descuide, que en dos días tendremos los resultados de las pruebas finales que le realizaré hoy. Ahora descanse e intente estar tranquila. También tengo que decirle que hay nuevas líneas de investigación y la vacuna para estos primeros estadios está avanzando a pasos agigantados. Nos veremos en dos días y aplicaremos el tratamiento más adecuado. ¿Tiene alguna pregunta?

—No, doctor, por lo que veo habrá que esperar. —Rosalyn asintió con firmeza ante las palabras del doctor—. Espero sus noticias, doctor. Hasta el jueves.

Cuando salió de la consulta, un peso en sus hombros le cargaba como si de cien sacos de cemento se tratase. Lo más difícil vendría ahora: contarle a Suzan la situación.

Suzan se disponía a hacerse un sándwich mixto al estilo americano. Esos que parecen ligeros, pero que a la vez son contundentes. Se dirigió a calentar la plancha cuando sonó el timbre de la puerta.

Ring, ring, ring, sonaba insistentemente.

—¡Ya voy, ya voy! Pero, ¿quién será ahora? Aunque por la manera insistente de tocar será Rosalyn, que se habrá dejado las llaves una vez más. ¡Como si lo viera venir! ¿Sí? —contestó Suzan.

—Soy yo, abre, por favor. ¡Cielo, otra vez las llaves…! Es que…

Se dirigía hacia la puerta para abrirle cuando vio su cara desencajada. Nada más mirarla a los ojos sabía que algo pasaba.

—Cariño, ¿estás bien? ¿Qué pasa?

Rosalyn se encontraba frente a ella, sus ojos despuntaban unas lágrimas que asomaban sin desconsuelo alguno y su bolso cayó al suelo casi por inercia. Suzan la ayudó a entrar, pues sus piernas casi inmóviles no le permitían hacerlo.

—Cariño, ¿qué es lo que pasa? Me estás asustando. Ven aquí, siéntate, te traeré un poco de agua.

Suzan se acercó a la cocina y a la vuelta le ofreció un vaso de agua que Rosalyn bebió casi sin respirar. Lo necesitaba.

—Esta tarde, cuando te he dicho que he quedado con Sophie, en realidad he ido al ginecólogo.

—Pero ¿tenías revisión? —dijo Suzan—. Te hubiese acompañado.

—Déjame terminar, por favor —decía Rosalyn con voz casi quebrada.

—Me han hecho unas pruebas porque el otro día, explorándome, encontré un bulto en mi pecho izquierdo y hoy he ido a buscar los resultados. Mejor dicho, me han llamado. Tengo un nivel II de cáncer de mama.

Suzan la miraba con los ojos bien abiertos, como si lo que le estuviera contando no pudiera estar pasando.

Rosalyn la miraba fijamente mientras sus lágrimas saladas le caían por el rostro. Se fundieron en un abrazo eterno, de esos que sientes que te dan vida, que te hacen renacer.

—Tranquila, mi vida, hay solución, todavía hay que esperar a las últimas pruebas, pero todo saldrá bien.

Volvieron a abrazarse nuevamente, pero esta vez con más fuerza que nunca.

—Cielo, recuerdas que te dije que estaba trabajando en un nuevo fármaco que iba a revolucionar el mercado, ¿verdad? Pues se trata de la vacuna V5 contra el cáncer. Trata sobre todo las primeras fases de la enfermedad. He estado trabajando durísimo en ello y por fin ya hay algo claro. En una semana saldrán las primeras muestras y podremos utilizarla. Eso sí, habrá que ver cómo van los efectos secundarios, pero es un gran avance.

Rosalyn no podía creer lo que escuchaban sus oídos. Su gran amor le estaba devolviendo la esperanza que le faltaba en ese momento. Aún le quedaban muchas dudas que disipar con el doctor y algo de incertidumbre por las reacciones de la vacuna, pero poco a poco iba recobrando la esperanza.

—Tengo miedo, mucho miedo. Nunca pensé en enfrentarme a una situación así, todo esto me supera.

—Lo sé, cielo —dijo Suzan, agarrándole de la mano fuertemente—. Pero todo va a salir bien, haremos lo que haga falta y, lo más importante, no vas a estar sola nunca. Yo estaré contigo siempre. Confía en que juntas saldremos de esto, te lo aseguro. Ahora más que nunca tengo la necesidad de que esa vacuna vea la luz y lo conseguiré. Lo prometo.

Un beso cálido sellaba sus labios. Y una sensación confortable se mezclaba al escuchar las palabras de su adorada Suzan. Abrazadas al unísono, una vez más, se quedaban en el centro de aquel enorme salón.

Capítulo IX

Caminaba apresuradamente hacia el final de la calle Rivoli. Llegaba algo tarde a su cita. Con su paraguas en la mano y un abrigo en la otra, hacía acto de presencia Nadia. Aquel encuentro había sido planeado con días de antelación.

Sentada con cara de pocos amigos y junto a un té verde aún humeante se encontraba Roland.

—Llegas tarde —dijo Roland, revolviendo el azucarillo que se había quedado incrustado en su taza de té.

—Lo sé, lo siento. Sabes que es hora punta y el tiempo no acompaña —dijo Nadia, sentándose rápidamente para no perder tiempo—. ¿Tienes lo que te pedí? —dijo Nadia con impaciencia.

—Tranquila, sabes que sí. No hay nada que se me resista cuando quiero conseguir un objetivo. ¿O es que todavía no me conoces? —dijo Roland con una sonrisa un tanto maliciosa.

—Si papá nos viera, estaría orgullosa de nosotras. Él que siempre pensó que no llegaríamos a entendernos y míranos, aquí estamos, compartiendo confidencias y objetivos comunes.

—Pues sí, ahí tienes toda la razón. Estamos más unidas que nunca, tenemos un fin común.

Roland y Nadia tenían muchas cosas en común que las unían, para empezar, su sed de venganza, su orgullo y, lo más importante, los lazos de sangre que las unían. Eran hermanas por parte paterna. Hacía casi cinco años que se habían enterado de ello, justo cuando su padre enfermó y estuvo aquellos meses ingresado en el hospital, por aquella afección de colon.

Se habían conocido casi fortuitamente en la sala de aquel hospital. Desde un principio no daban crédito de que pudieran ser hermanas, no entendían cómo su padre podría haber tenido oculto ese secreto de tal envergadura tantos años de su vida, pero ahí estaban, conociéndose por primera vez. Poco a poco les fue uniendo su afinidad por los negocios y su ambición por conseguir todo lo que se proponían.

Nadia era algo más reservada que Roland, pero juntas seguían la misma línea ambiciosa de pasar por encima de quien fuera con tal de conseguir sus propósitos.

—Entonces, cuéntame, ¿cuáles son tus planes, Roland? ¿Has traído el producto o solo la fórmula?

—Nadia, ¡qué poco me conoces! Claro que he traído la fórmula, el producto final se traerá cuando esté conseguido de la manera exacta, justo y como lo queremos.

—¡Muy bien, estás en todo! —dijo Nadia con una sonrisa picarona—. ¡Qué haría yo sin ti, hermanita! Y una pregunta… Necesitamos un conejillo de indias para que pueda darnos el producto final, ¿no? Si no, levantaremos sospecha.

—Descuida, Nadia, que lo tengo todo planeado. Utilizaremos al bueno de Fher. Siempre está dispuesto a ayudar, pensando que estará haciendo una buena causa para la empresa. No pondrá resistencia. Lo utilizaremos como cabeza de turco. En esta vida siempre hay mártires que están dispuestos a pagar con su buena voluntad, mientras otros sabemos aprovechar bien su beneficio, ja, ja, ja, *¡c'est la vie!* —dijo Roland con aquella mirada que la deleitaba en una sed de venganza absoluta.

Los resultados habían llegado a la consulta del doctor. Suzan y Rosalyn se encontraban en el interior de la sala de espera cuando la enfermera las hizo pasar nuevamente.

—Señorita Beker, bienvenida. Señorita Schuler, un placer conocerla.

—Gracias —dijo Suzan en tono firme.

—Bien, pues los resultados han llegado y tengo noticias algo halagüeñas. Su tumor es un poco más grande de lo que pensaba, cinco centímetros, pero lo bueno es que no ha tocado ninguno de los ganglios de la axila, lo que es algo satisfactorio para esta etapa de la enfermedad. Así que procederemos a ponerle un tratamiento adecuado para ello. También tenemos una vacuna que está en fase de experimentación y que en poco tiempo estará en el mercado. Es algo experimental, pero dicen que su efecto puede reducir el tamaño del tumor hasta en un 50 %, así que el tratamiento coadyuvante será mucho más corto y eficaz y, lo más importante, sin tener muchos efectos secundarios.

—Lo sé, doctor —le entrecortó Suzan—. Yo soy la que está investigando sobre esa nueva vacuna. Me he dejado la piel en ello y estoy segura de que funcionará, solo nos queda ver la magnitud de los efectos secundarios de la vacuna.

—Estupendo —dijo el doctor—. Así que usted es la famosa química que tanto guarda bajo custodia la industria farmacéutica.

—Sí, soy yo. No se ha querido decir nada sobre el nombre de la persona que lleva la investigación para no frenar la misma. Sabe que estas cosas en el anonimato funcionan mejor hasta que se tenga algo en claro.

—Sí, lo sé, descuide que así será —dijo el doctor con un halo de misterio que lo envolvía también en aquella situación—. Bueno, Rosalyn, pues entonces usted tiene la última palabra. ¿Está dispuesta a experimentar con dicha vacuna? Hay un alto nivel de posibilidades de que todo salga bien y sin muchas consecuencias.

—Sí, doctor. Estoy dispuesta a hacer lo que sea por salir adelante. Y con el apoyo de Suzan estoy con más ansias que nunca.

—Perfecto, pues la veo en dos semanas, cuando ya estén las primeras dosis disponibles. Mucha suerte y hasta entonces ya sabe, continúe con su vida como hasta ahora, con optimismo y mucha voluntad.

—Muchas gracias, doctor. Nos vemos en dos semanas.

Y así, con aquella esperanza entre las manos, se iban juntas para abordar al unísono aquella experiencia agridulce que el destino les tenía preparada.

Llegaba la tarde y Roland y Nadia se encontraban a solas en el laboratorio. Al fondo de la sala se hallaban las probetas con la medicación final para la prueba de la vacuna.

Roland se dispuso a coger la probeta con sumo cuidado, como si de un cristal de bohemia puro y delicado se tratara. Una vez que lo tenía entre sus manos, quiso empezar con el proceso de adulteramiento de la vacuna cuando, de repente, Nadia sin aviso la paró.

—¡Espera, Roland! Quizás… —dijo Nadia poniéndole un mano encima.

—Pero ¡qué haces! ¡Estás loca! ¡Casi tiro toda la vacuna al suelo!

—Es que no sé… quizás hay alguna otra solución, quitarnos a Rosalyn de en medio no sé si será la mejor forma. Yo la quise mucho, sabes… y pensar que ya no vaya a estar entre nosotros por una simple venganza… no sé, no lo veo claro.

—Pero ¡qué dices! —contestó Roland—. Estamos juntas en esto, ahora no te puedes echar atrás, eres mi hermana y me acompañarás hasta el final, ¿entendido? ¿De cuándo a dónde te has vuelto tan sentimental, Nadia? Venga ya, sabes que es un estorbo para todo, para todos. Si no es tuya, no lo será de nadie. Y así yo tendré vía libre con Suzan de nuevo, sin esa estúpida insulsa que desde que llegó a su vida no ha dejado cabida para nada más. Necesito recuperarla, aunque me cueste reconocerlo, Suzan ha sido la única que ha sabido darle a mi vida algo en cuestiones sentimentales. Así que ya sabes, calla y hacia delante. No tenemos mucho tiempo. En breve llegará el vigilante del cambio de turno y tenemos que guardar las muestras nuevas. Mañana será el gran día y todo tiene que estar preparado.

Nadia, algo confundida, pero sin más opciones que seguir la sed de venganza de su hermana, continuó.

—Tienes razón, si no es mía, no será de nadie más.

—Venga, menos cháchara y a lo que estamos. Pásame el ácido clorhídrico que está en el bolsillo de mi chaqueta.

Nadia se disponía a destapar dicha sustancia cuando un olor fuerte e inesperado le hizo regular un paso hacia atrás.

—¡Aggg! Huele fuerte, como a almendras amargas —dijo Nadia, poniendo cara de asco repentino.

—Sí, es el olor característico que tiene el ácido clorhídrico, a almendras amargas. Una vez se quede mezclado con la fórmula, ya el olor se camuflará y pasará desapercibido sin levantar sospechas.

Roland se dispuso a hacer la mezcla para colocarla rápidamente en la probeta final. La operación no tardó sino unos minutos y, cuando se quiso dar cuenta, ya lo había conseguido. La vacuna que le inyectarían a Rosalyn Beker ya estaba preparada para su acción letal.

Apagaron las luces, cerraron todo con llave y pusieron el código de seguridad. Salieron sigilosamente de la industria sin que nadie se percatara de su presencia. El vigilante estaba en su ronda de las plantas inferiores y aun así no pondría ninguna pega si se lo tropezaran, pues Roland pasaba desapercibida por su cargo en la industria farmacéutica, no obstante, era mejor no ser vista por nadie.

Eran las ocho de la mañana y Fher se disponía a entrar en el laboratorio para coger las primeras dosis de la vacuna. En su rutina matinal, hasta llegar al laboratorio, era normal y rutinario el encontrarse con el vigilante nocturno que terminaba su ronda de trabajo hasta la noche siguiente.

Con un donut azucarado y algo de café en la otra mano, se disponía Vicent a saludar como cada mañana a Fher.

—¡Buenos días, señor Fher!

—¡Buenos días, Vicent! ¿Qué tal la ronda anoche? ¿Todo bien?

—Todo en orden, señor, como siempre.

—Me alegro, Vicent, siempre al pie del cañón.

Y así, después del saludo matutino de rigor, Fher por fin llegó al laboratorio y allí se dispuso a coger las primeras muestras de la vacuna.

Todo parecía estar en orden. Las primeras vacunas estarían dispuestas para ser dispensadas en los hospitales más prestigiosos de la ciudad. Y el primero de ellos sería el de Sant Antoine. Este había tenido varias veces menciones honoríficas por el personal que trabajaba allí, sobre todo en el área de investigación.

Eran las cinco de la tarde y Rosalyn se dirigía hacia el ascensor que la llevaría a la quinta planta del hospital. Allí se citaría con el doctor para administración de la tal ansiada vacuna. Al ser algo novedoso y de primera experimentación, Rosalyn tendría que pasar un día entero en observación después de la primera dosis.

Mientras subía por el ascensor, iba mirando fijamente a la pantalla que marcaba los números con los pisos que iba subiendo: uno, dos, tres... Se encontraba absorta en sus pensamientos y con los nervios propios del momento cuando, de repente, el ascensor se paró.

La puerta se abrió en el piso cuatro y, cuando miró de frente, allí estaba ella de nuevo: Nadia Orhson se encontraba frente a ella.

Su tez palideció por momentos y sus ojos se abrieron a lo grande, como esperando una explicación.

—Hola, Rosalyn… ¿cómo estás? —dijo dubitando Nadia.

—¿Qué haces aquí? Tienes la manía de aparecer y desaparecer en el momento menos esperado, cuando ya pienso que no te volveré a ver y doy gracias por ello, apareces de nuevo.

—Parece que las casualidades se encargan de que nos encontremos continuamente.

—¡Qué casualidades ni que nada! Te pido por favor que no me dirijas la palabra, tengo mucha prisa como para estar escuchando tus grandes elocuencias.

El ascensor paró nuevamente en la plata cinco. Rosalyn se disponía a bajar cuando Nadia la agarró de la mano con tirantez.

—¡Solo quiero saber cómo estás! —dijo Nadia en un tono firme y frío.

Rosalyn se dio la vuelta y con una mirada que reflejaba tristeza, nerviosismo y cansancio, le contestó:

—A ti no te importa, Nadia, déjame en paz.

Sus ojos la miraban como pidiéndole un respiro. Su cansancio se hacía notable en su rostro. Así que, sin más dilación, con paso apresurado y sin mirar atrás, se alejaba Rosalyn pasillo adentro de aquella planta en la que viviría uno de los acontecimientos más inesperados de su existencia.

Nadia la observaba con impotencia y apretaba su puño cerrado hacia abajo, como modo de expresar la impotencia que recorría su cuerpo en esos instantes. Una sensación de rabia contenida la invadía, pero a la vez deseaba estar a su lado, cerca de ella, como la primera vez.

No sabría si podría dejar que se fuera de su vida nuevamente, no podría dejar pasar la oportunidad de volverla a tener.

Capítulo X

Nadia se encontraba en el *office* contiguo a la consulta del doctor. Era un cuarto pequeño, bien refrigerado y con muchas estanterías en las que se encontraba expuesto todo tipo de material para una futura administración. En la última estantería de la derecha se encontraba una caja de pequeñas dimensiones y en la que ponía: "Muestra V5 para fase inicial".

La abrió cuidadosamente y ahí estaba. La dosis que había preparado junto a Roland se hallaba justo delante de ella. Sus ojos la miraban como si tuviese en sus manos el tesoro más preciado que se pueda tener: la vida de Rosalyn Beker estaba entre sus manos.

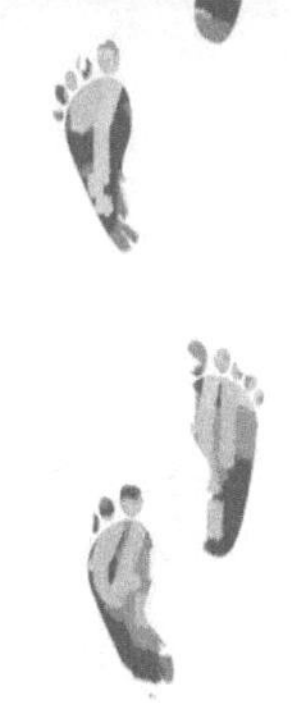

Capítulo XI

Suzan había llegado con extrema rapidez hacia la consulta del doctor. Le había ocupado unos minutos el aparcar el coche en la segunda planta del parking del hospital.

Así que fue a comprar unas botellas de agua por el camino y, en menos de lo que esperaba, allí estaba de pie junto a su querida Rosalyn.

—¿Estás nerviosa? Tranquila, cielo, todo va a salir bien, estoy aquí a tu lado, acompañándote.

—No me vuelvas a preguntar más si estoy nerviosa, ¿vale? ¿Tú qué crees? Tengo miedo, pánico, a la reacción de ese nuevo fármaco, ¿y si no funciona? ¿Y si no hay solución para lo que tengo?

Las palabras de Rosalyn salían disparadas hacia el exterior. Necesitaba enormemente que este mal trago pasara lo antes posible.

La puerta del doctor se abrió para darle paso a la consulta.

—Señorita Rosalyn Beker, pase, por favor, está todo preparado para la administración.

Rosalyn volvió a la realidad y dejó atrás sus pensamientos para afrontar esta prueba con la mayor dignidad.

—Señorita Beker, bienvenida. La vamos a pasar a la camilla para la administración de la vacuna. Como estamos en fase inicial, necesitaremos tenerla controlada por si surge algún efecto secundario. El pinchazo apenas le dolerá, solo sentirá el frío del líquido entrando en su brazo, que es lo normal. Le dejaré unos minutos sola y vemos cómo va evolucionando el resto del día, ¿le parece?

—Sí, doctor, lo que sea necesario —dijo Rosalyn con voz firme.

—Bien, pues pasemos a ello entonces.

Se acomodó en la camilla esperando la dosis del doctor. Estaba nerviosa, sus manos le sudaban y su boca parecía tan seca que le costaba tragar.

El filo de la aguja traspasaba el fino brazo de Rosalyn Beker, mientras esta cerraba los ojos esperando a que el momento pasara lo más rápido posible.

Suzan se había quedado esperando fuera. El doctor le indicaría el momento más adecuado para poder verla.

Necesitaba unos minutos para ver la reacción de la paciente ante la primera dosis. Sería necesario una segunda dosis pasadas las primeras veinticuatro horas.

—Ya puede pasar, señorita Schuler.

—Gracias, doctor. ¿Cómo está? ¿Cómo se encuentra? —decía Suzan con preocupación, lo que dejaba ver en su atropello de palabras.

—Está bien, tenemos que esperar a que su medicación vaya haciendo, usted sabe bien cómo van estas cosas. Es necesario un tiempo de observación. Se encuentra algo mareada, pero es lógico dado su estado y la administración de dicha vacuna.

—Ok, doctor, entiendo. Muchas gracias. No me iré de su lado.

—Le dejo estar un rato, pero después le tendré que pedir que se vaya porque necesita descansar. Es una vacunación fuerte y tenemos que ver cómo reacciona su cuerpo ante la misma.

Suzan bajó la cabeza y asintió sin más las palabras del doctor. Una vez sola con Rosalyn en la habitación, se dispuso a cogerle de sus lindas y delicadas manos.

—Todo está saliendo bien, cielo. ¿Cómo estás? —dijo Suzan en un tono muy suave.

—Bien, algo mareada y con sueño, solo quiero dormir… —Y antes de que terminara sus palabras, Rosalyn cerraba sus ojos para dejarse llevar por el sueño que la invadía.

Suzan le dio un beso en la mejilla y se dispuso a salir de la habitación.

Habían pasado casi dos horas y Rosalyn abría los ojos algo aturdida aún. Se encontraba algo revuelta y más desconcertada que cuando llegó.

La puerta de la habitación se abrió muy despacio y, poco a poco, casi sin darse cuenta, allí estaba ELLA.

Roland portaba un ramo de flores silvestres que mantenía en su mano derecha. Lo agarraba fuertemente mientras la miraba a los ojos.

—Hola, querida, ¿qué tal después de tu vacunación? —decía Roland con tono sarcástico, acercándose al pie de su cama.

—¿Roland? —dijo Rosalyn mientras balbuceaba, aturdida aún por su medicación.

No sabía si la estaba viendo de verdad o era alguna alucinación debida a dicha medicación. Sus ojos intentaban enfocar bien, hasta que logró ver una imagen algo más nítida de aquella figura que se presentaba delante de ella.

—Sí, soy yo, Rosalyn. Eres insulsa hasta estando medicada. ¡Qué horror!

—¿Qué haces aquí? —dijo Rosalyn, aún desorientada.

—¿Qué? No te encuentras bien, ¿verdad? ¡Ohhh, pobre Rosalyn! ¡Qué pena me da! Jummm, no estarás sintiendo un calor en tu garganta, ¿no? Ni un ardor en tu estómago… ¿verdad? ¿O quizás sí? ¿Te cuesta respirar? ¡Ohhh, pobre Rosalyn! Cuánto lo siento… porque si no lo sientes, ¡lo sentirás! —dijo en un tono seco, frío y rozando lo psicópata—. ¡Por fin todo esto acabará! Saldrás de mi vida de una vez por todas y volveré a estar junto a Suzan, que nunca a tu lado tuvo que estar. ¡Mira, aquí tienes unas flores para cuando te mueras, maldita zorra! —Roland estaba fuera de sí—. Quería que las primeras fuesen las mías, más que nada porque en breve ya no estarás.

—¿Qué… qué estás diciendo? —dijo Rosalyn desencajada, su rostro trasmitía pavor por aquel encuentro.

Hizo un amago de gritar y tocar el timbre, pero apenas tenía fuerza para hacerlo.

Roland le tapó la boca y la sacudió fuertemente, zarandeándola varias veces hasta que cayó desplomada en la almohada.

—¡Maldita perra! No vales ni para aguantar un primer *round*. Dentro de poco serás historia. ¡Brindo por ti, Rosalyn Beker, y por tu estúpida manera de ver la vida con positividad! Total, para nada te valió. —Las palabras de Roland traspasaban la dureza más absoluta y estaban llenas de rencor, locura y perturbación.

Se dispuso a brindar con un vaso de agua que Rosalyn tenía en la mesa de noche, pero después recordó

"No quiero que nada tuyo me contamine", y mientras le escupía en su vaso. Así que sacó del bolso una botella de agua y se dispuso a brindar.

—¡Por ti, porque te pudras en el infierno!

Se bebió casi media botella sin respirar, fruto de su estado de nervios y éxtasis en el que se encontraba. Cuando paró, su cara hizo un gesto raro. El sabor de aquella agua era algo diferente. Su paladar le dejaba un ligero amargor.

Cuando se disponía a mirar la etiqueta de aquel envase de agua, entró Suzan por la puerta seguida de Nadia. Las tres se hallaban en aquella habitación, donde Rosalyn se hallaba en la cama aturdida y Roland, desconcertada, la miraba fijamente.

—¡No puede ser! —decía sin dar crédito a sus palabras—. Este sabor me resulta familiar, me recuerda a…

—¡Ácido clorhídrico! —dijo Nadia con una voz firme, a unos metros de su entrada a la habitación.

—Pero ¿qué has hecho, Nadia? ¡Estás loca! ¡Soy tu hermana! Teníamos un plan que trazar y ahora… —De repente, Roland empezó a asfixiarse y cayó desplomada al suelo.

Suzan solo atinaba a gritar y gritar.

—¡Socorrooooo, por favor, un médico! ¡Que venga alguien rápido, por favorrrrr!

Mientras, Nadia miraba con expectación aquella situación extrema, estaba yerta, sus músculos se mostraban rígidos. Hasta que rompió a llorar.

—¡Lo siento, Roland! ¡Lo siento! Pero no podía permitir que acabaras con el amor de mi vida… no podía —decía entre sollozos Nadia.

En unos segundos entraron para la puerta las enfermeras y el doctor que atendía a Rosalyn.

—¿Qué es lo que ha pasado aquí?

—¡No sé, doctor! —dijo Suzan temblorosa y con voz entrecortada—. He entrado en la habitación y cuando he llegado he visto a Roland aquí dentro, se quejaba de un sabor… de estarse asfixiando y…

—¡Sálvenla, por favor! ¡Sálvenla! —gritaba Nadia y sin consuelo—. ¡He sido yo! ¡La he envenenado! ¡Ácido clorhídrico recorre su cuerpo! —decía Nadia, echándose las manos a la cabeza mientras apretaba sus ojos fuertemente, sin parar de llorar.

Los médicos actuaron rápidamente y sacaron a Roland de aquella habitación.

Nadia era retenida por dos celadores del hospital, mientras estos llamaban a la policía para la espera de su detención.

El final de aquel triángulo amoroso parecía tener las horas contadas.

Suzan, desorientada y desesperada, fue corriendo a socorrer a Rosalyn, que despertaba entre sollozos después de los golpes recibidos por Roland en aquella habitación. No sabía si era un sueño o si, por el contrario, era pura realidad.

Suzan le tocaba con sus manos mientras le preguntaba…

—Cariño, ¿estás bien? ¿Qué te han hecho, mi vida? Respóndeme, por favor.

—Sí —decía entre lágrimas Rosalyn—. Me encontraba desorientada y aturdida y no sabía si estaba soñando, cuando de repente vi a Roland y… —Rompió en un llanto desconsolado.

—Tranquila, mi vida. Ya estoy aquí, no estás sola, no te va a pasar nada. No lo voy a permitir, te lo prometo. Respira y me cuentas cuando puedas —le decía Suzan mientras la abrazaba fuertemente.

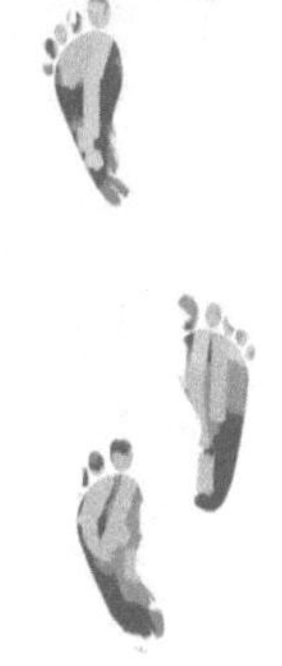

Capítulo XII

Habían pasado unas semanas desde lo sucedido y ambas se encontraban bien, recuperándose del susto ocurrido en el hospital.

Roland había sido intervenida de urgencia para poder salvarla de aquel envenenamiento a manos de su hermana. A pesar de que había sido complicado por el calibre de la situación, había salido bien parada de aquella intervención, aunque evidentemente había secuelas que se habrían quedado para siempre.

Roland había perdido la vista por completo y le tuvieron que extirpar medio pulmón. Vivía en una penumbra constante y con problemas de respiración, pero por lo menos estaba viva después de aquel trágico suceso.

En unos días iría a la cárcel por tentativa de homicidio con premeditación, alevosía, ventaja y traición. Allí se pasaría un largo tiempo junto a su hermana Nadia, la cual ya se encontraba entre rejas por cómplice.

Las dos se tendrían que pasar un largo tiempo en las dependencias penitenciarias para cumplir la condena impuesta.

Los días en la cárcel serían duros, sobre todo para alguien que no estaba acostumbrada a perder. De esta manera, le quedarían duros días por pasar y bastantes cosas en las que pensar.

Capítulo XIII

Habían pasado los años y Suzan y Rosalyn habían dejado atrás aquel horroroso recuerdo que marcaría sus vidas para siempre.

Rosalyn había superado con creces su cáncer de mama con buenos resultados, gracias a la vacuna en la que trabajó Suzan durante mucho tiempo.

Habían cumplido su sueño de ser madres y por fin tenían entre sus brazos a la pequeña Emily. De momento, la vida les volvía a sonreír.

Era como si la vida por fin les diera una tregua y pudieran olvidar todos esos sin sabores de años atrás.

Capítulo XIV

La vida fue pasando y la pequeña Emily fue creciendo bajo el calor y la dulzura de sus mamás.

Llegó el día de su doceavos cumpleaños y Rosalyn se disponía a coger su abrigo para acompañar a su hija Emily al centro comercial, donde pasarían una tarde de compras en familia. Mientras subía las escaleras, sonó el timbre.

—¡Yo voy, mamá! —dijo Emily.

—¡Vale, cariño, bajo enseguida!

—Buenos días, ¿Emily Beker?

—Sí, soy yo.

—Esto es para usted. Que tenga un buen día.

Un ramo de flores silvestres se hallaba delante de sus ojos. Contenía una nota en color turquesa que decía: "El pasado siempre vuelve a oscuras… Feliz cumpleaños".

Emily miró aquella nota con cara confusa y mientras llamaba a su madre ante lo sucedido…

—¡Mamááá!

Contacto

Vanessa Consuegra Escritora

Vanessa Consuegra León